Devenir fâme

Agathe Lesur

Devenir fâme

Roman

LE LYS BLEU
ÉDITIONS

© Lys Bleu Éditions – Agathe Lesur

ISBN : 979-10-377-4028-1

Ne cherchez pas de plan, c'est arborescent.

Voilà les mots que j'ai posés sur mes maux, voici l'émotionnel que j'ai déversé en flow.

L'écriture qui a accompagné ma curge (mi-cure, mi-purge) de guérison.

La justice divine que j'ai implorée est passée par moi, par mon cerveau droit, me permettant de mettre en lumière chaque zone de mes ténèbres. D'en trouver le sens et ainsi de me raccompagner sur le chemin de mon âme, sur ma route dont je m'étais tant éloignée. Par justice divine, j'entends cette conjonction de lois universelles : on récolte ce que l'on sème (cause/conséquence) et on attire ce que l'on vibre (attraction).

J'expose mon histoire dans ce manuel de sorcellerie, ma sortie du placard et du noir.

Puisse-t-il, par rayonnement, rêve-iller, accompagner, d'autres élans de vie et de réparation.

Laisse-toi porter, emporter, par les amis mots.

Si cette histoire est la mienne, tu y trouveras des liens qui sont communs car la loi du silence est celle d'autres victimes et que cela peut changer.

Il y a autant de vérités que d'individualités, autant de spiritualités que d'êtres sur terre. La vie est une aventure.

Pourquoi publier ? Aller jusqu'au bout, au bout de ma libération, de ma guérison.

Le point de départ

Écrire
Écrire quoi ? Écrire pourquoi ? Je ne sais pas.

Cela fait un moment que je me dis ça, mais je ne le fais pas, je reste plantée là. Pourquoi pas ?

Il paraît que ça peut faire du bien d'écrire son histoire, de poser les maux sur du papier pour laisser le passé s'envoler. Je ne me sens pas capable de faire ça, j'ai l'impression que c'est pour les autres. En même temps, je me fais chier, j'ai du temps et je suis en quête de sens. L'enquête du sens, ouais, mais je tourne en rond.

Je pourrais aussi crier mais, en fait, je l'ai déjà fait. Je pourrais aussi chanter mais, pour ça, je ne suis vraiment pas douée. Ça fait un moment que j'y pense, ça y est je me lance.

J'ai mal à mon père

Enfance violée, innocence volée

Voilà de quoi il s'agit. D'un côté, ça y est tout est dit : enfance violée c'est le résumé. Ça pourrait s'arrêter là, mais c'est bien plus compliqué que ça.

***

Quand ça a commencé, j'avais 1 an, 1 an... Même pas encore une enfant. Ose me dire que je n'étais pas un corps innocent, ose dire que j'avais un comportement consentant. Qu'on s'entend ouais, qu'on s'entende bien, je n'ai pas choisi, je n'ai rien provoqué.

Raconter, pas vraiment un jeu d'enfant

Raconter une histoire, une histoire du soir un peu spéciale, quoi de plus banal que des soirées anales. Les jeux secrets dont il ne faut pas parler.

Qui a le droit de faire ça, putain, comment on en est arrivé là ?

Je veux dire humainement, « sociétalement » parlant ? Est-ce que vous trouvez ça dérangeant de parler de sexualité à un enfant ? Après tout, c'est de la pédagogie d'apprendre à un enfant de 3 ans à faire l'amour ?

Mon âme s'en souvient, mon corps n'a pas oublié, chaque cellule de mon être est marquée.

Tout est en moi, enfermé, piégé.

L'**enfer**-me-ment, c'est l'enfer maman.

Le poids du silence, la légitimité de l'absence, la passivité légalisée.

Chic et choc, un peu provoc.

Écrire pour le dire, écrire pour guérir.

Mon vagin ne ressemble à rien,

Et mes seins je ne les aime pas tiens !

Mon corps, ce décor,

Le mal dans tous mes pores,

Souillé, humilié, atrophié, blessé.

Un vrai champ de bataille,

Le travail de reconstruction est de taille.

Mon cœur meurtri, affaibli.

Crime commis jamais puni.

La culpabilité, quelle plaie.

Tellement de honte que je disjoncte.

Soumission, fellation.

État de stress, maladresses

Mon alimentation : une prison

Mes relations… Sans raison, on est que des pions,

Extermination.

Balance tes mots, déballe ton flow.

Tant pis si ça ne fait pas des phrases, l'important c'est d'avoir
le courage, de lâcher la rage.

Souffrance, maltraitance, quelle ambiance !
Quelle expérience, tu as de la chance.

Violée par mon père, plus de repères.

Quel goût amer, il n'y a pas de quoi être fière.

J'ai essayé de faire semblant, c'est pas dément.
C'est effrayant d'aller de l'avant.

Éloquence !

Ça va passer je ne cesse de me le répéter.
Ça va aller.

Ne t'inquiète pas ; ça va s'en aller. Ça va s'arrêter.

Victime.

Danger.

Danger avéré, vie hantée,
Vie sociale tétanisée,
Relations paralysées,

Sécurité piétinée.

Les conséquences ?

Quelle est la sentence ?

Derrière la transparence et le silence, autant vous dire que c'est une grande violence. Violence intérieure d'un ego démesuré qui pensant toujours te protéger, peu à peu vient laminer tes relations, piétiner tes actions, t'enfoncer dans ton auto-destruction féroce et inconsciente.

Auto-sabotage = capacité à foutre ta vie en l'air, sans t'en rendre compte, car tu es persuadé que c'est ta réalité. Parce que tu as oublié et que tu t'es déconnecté.

C'est ta putain de norme.

Légitime souffrance pour connaître la délivrance.

Psychisme colonisé, dignité terrassée, capacité à se dévaloriser.

Gorge nouée, corps écorché, cœur souillé, âme humiliée, salie dans son essence, divinité meurtrie, intuition affaiblie.

Survivance !

C'est de survie dont il s'agit, mode opérationnel élaboré.

J'avais promis de ne rien dire, j'avais accepté de me taire.
J'ai essayé d'oublier (de garder cela inconscient), puis d'anesthésier, j'ai échoué.
Je ne suis pas un jouet, je ne suis pas un objet.

Je suis un sujet qui mérite d'être respecté, je suis digne de respect.

Tu m'as traitée comme une chose dont on dispose. Ta chose. Abus de pouvoir, autorité dans le noir.

J'ai vu le shetan dans tes yeux, j'ai entendu le diable dans tes pensées, le macchabée dans tes idées sauvages et destructrices. Et tous ces mots sont restés engrammés. Comme un mauvais film bloqué sur « repeat ».

État de choc post-traumatique = état de stress 24 h sur 24 = rien ne presse, mais toi t'es en stress.

J'enchaîne les erreurs et les échecs, je sens la pression partout. Cocotte-minute en ébullition j'ai peur de ma propre explosion.

Oppression !
Ma vie sociale c'est Bagdad. Un terrain miné dont les multiples reflets ont pour effet de m'étouffer.

Conditionnement !
Ah bon l'amour ça fait pas mal ?
Ah bon y'a des gens qui ne te veulent pas de mal ?

Agonie subtile, assassinat habile.
Calcul et préméditation, sous des airs de bon parent.
Perversité dissimulée, sociétale-**ment** acceptée.
Je souhaite que la vérité éclate, que ma vérité remonte à la surface.

Dépôt de plainte, des faits, s'il vous plaît ! Notez, sortez les cahiers : faites entrer l'accusé !

Ma vérité

Du premier au dernier dérapage contrôlé

J'ai 1 an, je suis sur la table à langer. Mon père s'apprête à me changer. Le papier peint bleu ciel avec des nounours dans les nuages, de la peinture rose fuchsia sur les murs. Je pense que maman est en bas qui fait du chocolat. Je n'en sais rien, en tout cas, la porte est entre-ouverte. Il n'y a aucune raison de se cacher, c'est le moment de se changer, rien de bien compliqué. Je ne peux pas bouger, de toute façon je ne sais même pas marcher. Je suis disposée à l'adulte, dépendante.

Une pulsion passe... (enfin une idée calculée hein, j'y reviendrai).

Dialogue intérieur :
« Noonnn, je ne peux pas faire ça ! »
« En même ce n'est qu'une enfant, elle ne s'en souviendra pas ».

Qu'une enfant... cette phrase est gravée dans ma mémoire, intégrée à mon subconscient. La traduction que j'en ai faite : je ne vaux rien. Parce qu'un enfant, ça croit vraiment ce que disent les grands.

La pulsion prend le dessus et un doigt passe par là, voilà c'est fait ! C'était pas si sorcier.

Dialogue intérieur :
« Ni vu ni connu. intérieur, extérieur, après tout où est la différence et puis c'est MA fille. »
« Bon quand même je ne recommencerai pas. »

Court-circuit : premier et non dernier black-out qui ressurgira de ma mémoire 26 ans plus tard.

Ça, c'est fait. Bien entendu, il a recommencé...

J'ai mal à mon intimité.

Identité salie.

Contexte global de cette époque

Je dors dans la chambre conjugale, ambiance sexuelle pas tout à fait sereine. Rien à voir avec un dessin animé ou un conte de fées.

Je suis là, je ne bouge toujours pas. Cependant, j'entends et je ressens. J'ai envie de crier, de lui dire d'arrêter mais le son est coincé, mes émotions déjà atrophiées. Parfois, souvent, je me décorpore, je change de décor.

Danse macabre du quotidien, je frémis de l'instant comme du lendemain, tout devient incertain.

Ce ne sont que des jeux, rien de dangereux. Des jeux secrets dont il ne faut pas parler, première règle. Deuxième règle il faut être nu. Et puis je suis habituée, ça a commencé avant même que je ne sache parler, je suis facile à formater.

Se battre ? Se débattre ? Fuir ? Courir ? Tout est vain, une seule solution : la soumission. Abandon.

Si je résiste, je risque d'aggraver ma peine. Un risque à prendre, une fois, deux fois... non vraiment j'arrête là. Crier aussi j'ai essayé, un peu sonnée par le coup qui a suivi, je n'ai pas retenté.

La honte, la faute, persuadée de mériter : c'est ce qu'il disait ! Accoutumée, robotisée, déshumanisée.

Naissance de mon frère, j'ai 3 ans.
Olala mais comment je vais faire ?
Ma mission, c'est décidé : le protéger.
En parler ?

J'y ai pensé et puis je n'ai pas osé. Trop effrayée et, il faut bien le dire, manipulée.

Emprise-onnée !

J'ai essayé d'en parler à maman, discrètement, très honteusement. Je ne me souviens pas des mots que j'ai employés ni du détachement émotionnel étrange avec lequel j'ai dû m'exprimer. À ma timide explication, elle a répondu « c'est pas possible ». Décrypter le langage d'un enfant c'est un art/métier auquel, soit dit en passant, peu de gens sont formés.

Plus tard, chez le médecin généraliste, doux à l'écoute, qui semblait s'intéresser à mon état intérieur j'ai essayé de dire. J'ai dû mal m'y prendre parce que j'ai commencé à parler de la sexualité de papa et maman. Maman m'a fait comprendre que ce n'était pas un sujet à aborder, que ça ne regardait pas le docteur. Assurément, il ne faut pas en parler !

Interdit, non-dit !

18

Tabou !

Chemin balisé !

Il y a eu cette dame à l'école qui orchestrait la visite médicale. Elle était très convaincante quand elle disait qu'elle était là pour le bien-être des enfants.

Elle avait de jolis cheveux et puis elle me regardait dans les yeux. J'avais très envie de me laisser aller. Elle a dit la maltraitance c'est grave ! Mais aussi elle a dit mon rôle est d'en parler à vos parents et aux autorités... ah bah non alors, trop risqué.

« Tout va bien à la maison ? »
« Tout va bien, madame. »

Plus tard encore, il y a eu ce mono de centre aéré. Dans la piscine on s'amusait. J'ai mis ma main sur son slip, par automatisme mais aussi persuadée de lui faire plaisir. Il était outré, m'a expliqué que c'était pas normal (ah bon ?). Sans jugement, une parole sans débordement, il se questionnait. J'ai eu envie de tout lui déballer puis je me suis rappelé ce que papa a toujours dit : « c'est toi le problème, il ne faut pas en parler ! »

Lobotomisée !

Revenons à mon frère que j'aurais tant voulu épargner, c'est un garçon il ne risque rien ? Illusion !

Le cauchemar des placards

Enfermé dans les WC, je voulais le protéger.

J'avais compris que papa voulait le mettre à l'écart : il parlait trop ! En fait, il n'avait pas l'intention de laisser perdurer cette routine macabre, aussi il devint un obstacle à maîtriser. Deux options : lui crier dessus ou plan B l'enfermer dans les WC. Persuadée qu'il y serait plus en sécurité j'essayais de tout mon cœur de l'apaiser… loupé ! Comment expliquer ça ?

Mon petit frère, il est, si on peut dire, né malade. Enfant symptôme qui déploie ses pouvoirs pour tenter de montrer la vérité. Il a refusé de s'alimenter pendant 1 an, on croyait qu'il avait la leucémie. Son message n'a, semble-t-il, pas été entendu, il a fait ce qu'il a pu.

En d'autres situations plus calmes, je misais tout sur le fait qu'il soit occupé et concentré sur un jeu. Le hic c'est qu'il se sentait rejeté, il ne voulait pas être mis de côté… hum. Et puis papa aussi il proposait des jeux… c'est le serpent qui se mord la queue, le cercle vicieux vicelard, le labyrinthe piégé sans issue : putain Y a pas d'issue !

Cette salle de bain, cette putain de salle de bain ! Trois pauvres murs, une porte en plastique de merde qui ne ferme même pas. Juste là, en haut de l'escalier duquel quelqu'un pourrait arriver pour nous sauver. Sauf qu'il y a jamais personne qui va arriver, pas un putain (ça fait beaucoup de putain mais putain ça fait du bien !) d'adulte qui va se pointer : c'est sans issue bordel !

Cette baignoire, putain de baignoire !
Prendre un bain en famille, quoi de plus convivial ! On est déjà nu, alibi parfait. On prend le temps de jouer et de s'y détendre, on fait de la dînette. On joue au papa et à la maman. Allons un peu plus loin et si on apprenait à faire l'amour. En fait, c'est pas une question c'est une affirmation que tu as plutôt intérêt d'écouter. C'est un cours particulier, passons au concret.
Tu vas faire ça à ton frère, tu vas le caresser à cet endroit, tu y mets tous les doigts blablabla et devant moi.

Élan de survie, instinct de protection, sainte rébellion, je tente le tout pour le tout : c'est NON. Je préfère crever, il peut m'achever, de mon corps et de mon âme disposer.

« Ah ouais… »
« OK, ma chérie. Tu n'auras pas le dernier mot ! Si tel est ton choix, c'est moi qui vais le faire, je m'occuperai de toi après. »

… *Incapable de décrire la scène*…

Fracture interne.

Fracture de vie !

Humiliation.

Suicide intérieur : c'est un supplice, mon sang se fige, j'ai le vertige.

Je ne pouvais pas mourir, j'étais déjà morte et divisée. Plus que mourir, s'auto-suicider, s'auto-flageller.

Punition !

J'ai perdu foi en l'humanité et en moi. C'est de ma faute, il lui est arrivé du mal par ma faute : je dois être punie pour ça ! Je ne dirai plus jamais non, plus jamais ! Je ne mérite pas d'exister après ça.

Je ne veux pas voir ça ! Je ne veux pas être là. Je ne veux pas voir le miroir de ma souffrance et de ma situation sous les yeux. Je ne veux pas sentir ça. Je veux éponger sa souffrance jusqu'au plus profond de mes os, absorber ses émotions pour qu'il ne les ressente jamais !

C'est une impossible douleur, je n'imagine pas qu'on puisse y survivre. Je ne veux pas qu'il ressente ça, je ne peux pas. J'en mourrais sur le coup. Mon psychisme n'est même pas construit qu'il serait déjà détruit… immondice, culpabilité décuplée.

Voilà le drame de ma vie : ne pas avoir su sauver mon frère. Pour compenser, j'essayerai de sauver tout le monde et m'engagerai dans la voie du travail social.

Impuissance !

Injustice !

Achevée, KO technique.

« Touche pas à mon petit frère connard ! »
Je ne peux plus rien faire, je ne peux plus l'empêcher ! J'ai tout raté, je suis une ratée.

Colère volcanique.
« La rage du peuple » de Kenny Arkanna à l'intérieur de moi.

Je pourrais uriner de la terre, vomir de la boue et me moucher du sang mais je ne m'y autorise même pas. Plus tard (10 ans plus tard), ça viendra parce que mon âme se rebellera. En attendant je garde tout ça en moi, je m'enferme et referme.

On ne parle plus de carence ou de manque d'amour de soi. Désormais, disons ce qui est : on parle de désamour destructif et punitif, orchestré et bien déguisé, sous des airs de petite fille sage comme une image : parfaite comme une poupée !

Cachée. Écrasée.

Mort-vivante !

Le phallus magique :
Il est rouge et légèrement transparent, pas trop imposant. Un jouet parmi tant d'autres : c'est le jouet de papa celui-là.

Le devant/derrière, un mystère ! J'avais séparé mon corps en deux, tant que papa joue avec mon derrière je peux imaginer que ce c'est pas mon corps (puisque je ne le vois pas).

Belle tentative sauf que souvent rien à foutre ! Pas satisfait, pas assez, il passe de l'un à l'autre.

Une autre catastrophe tant redoutée, je deviens spécialiste de la gestion du risque.

Je ne suis plus divisée, je suis morcelée, éclatée ! Schéma corporel annihilé.

Autre solution : utiliser les muscles comme des éponges qui se contractent et emmagasinent les agressions. Rigidifiant mon corps comme celui d'un pantin de bois désarticulé qui ne sent plus rien.

Mort psychique, mort du corps : j'ai mal à mon âme mais je ne la sens même pas ! Je la perds de vue et de vie. Vide de sens, le sens s'évapore avec mon insouciance.

À terre, littéralement et latéralement à terre.

Attendre que ça passe, abandon de soi.

Accepter la contrainte de force ou de gré.
Plier mais ne pas rompre.

Je me suis promis que je m'en sortirai ! Même si j'ai arrêté de prier, à cette lueur je me suis toujours accrochée.

J'ai contracté une maladie, celle d'être trop gentille. Acceptant ainsi d'être toujours abusée, de donner et de se donner sans contrepartie. D'être dévouée, corps et âme, à s'en oublier. Quoi de plus logique, c'est la suite automatique !

Balance ton porc, dénonce ton père.

Change tes repères.

J'avance dans le noir.
J'évolue dans le silence et un jour je rencontre la trans.

Je suis sa partenaire sexuelle privilégiée, enfin sa poupée, sauf qu'il ne peut pas me dégonfler. Un enfant c'est plus facile à manier qu'une femme, plus animé qu'un film porno, plus facile à manipuler oui vraiment, c'est un jeu d'enfant.

La différence, cependant, c'est qu'un enfant c'est un petit format, pour y mettre son pénis c'est pas très pratique. Ou alors il faut avoir la patience qu'il grandisse... hum pas de patience, il va falloir essayer...

Au point où on en est, la limite est constamment repoussée.

Je suis dissociée, totalement sidérée, l'horreur peut s'accumuler. Je suis, en effet, une poupée sans émotion, enfin en apparence.

Dissociation = le cerveau se divise et met de côté (isole) une partie (ou totalité) des informations qu'il ne peut traiter. L'âme sort, en quelque sorte, de l'esprit conscient.

De la déconnexion de l'événement traumatique résulte une déconnexion plus globale avec la réalité, la mémoire, l'identité. C'est ce fameux sentiment de « je suis là mais je suis pas là ». Présente physiquement mais totalement ailleurs psychiquement.

Jusque dans mes os, je les entends craquer. Cependant, ils n'ont jamais cédé. Jusque dans ma tête alouette, enfant muette : carpette cacahuète !

Sidération = le cerveau se paralyse afin de ne pas exploser face à une situation qui n'est pas acceptable. Plus de son, plus d'image, le corps ne peut pas réagir, les mots ne peuvent pas sortir.

Le poids de ton corps, l'odeur du tabac froid, tes pensées désespérées. Je crois que tu ne sais même plus ce que tu fais.

Ce jour-là, le shetan a dans tes yeux un air de pauvre type.

Je sens le sol, parfois l'os se cale, parfois, ça fait mal. Mal dans l'os qui voudrait s'enfoncer. Une douleur graveleuse et à la fois lancinante comme une pointe aiguë, puis une autre plus longue, puis une autre plus forte.

Je me sens partir, m'évanouir, ça bourdonne dans mes oreilles, ça sonne derrière ma tête. J'ai envie de vomir, ça frissonne dans mes jambes. Ce frisson remonte et m'envahit jusqu'à me dissiper complètement.
Mon corps est comme cloué, retenu par des fils barbelés. Profondément enfoncés et moi me voilà évaporée au-dessus de lui : sortie astrale.

Sortie astrale = l'âme sort ponctuellement (volontairement ou non quand il s'agit d'un choc) du corps dans lequel elle est incarnée. C'est la suite de la dissociation.

Je ne sais même pas si je vais pouvoir revenir, je serais rappelée par cette douleur au pied gauche. Je vois la scène comme une télé-spectatrice qui subit les images imposées par le programme et qui n'a pas la télécommande en main.

Rigidité.

De fer et d'acier, désormais je peux tout encaisser !

Devenue docile, plus aucun sens subtil.

À l'école, je me fonds dans la masse. Je suis comme Fantomas. Dans un groupe, je m'efface.

Écrasée, écrasée comme une merde, plus bas que la terre = pas le droit d'exister, d'habiter son corps, encore moins de prendre sa place.

Les fellations mais comment expliquer ça ? Mode d'emploi ?
« Ben, c'est comme manger une glace ma chérie et si tu as envie de vomir, c'est que tu n'as pas choisi le bon parfum. »
Il aura tout essayé sans censure, si besoin mettre un coup de pression du genre : « je pourrais faire du mal à maman » ou « si tu préfères, je vais chercher ton frère ».

Le musée des horreurs, passe d'entrée gratuit ! Aux premières loges la classe ! Et en prime, c'est à domicile…

Obligation de satisfaire son père, sinon tu le payes plus cher, laisser-faire.

Bordel, j'ai tellement mal, je voudrais que ça s'arrête, qu'on me ramène chez moi, loin, très loin.

Chez moi = en mon âme unie qui ne connaît ni la dualité ni la souffrance.

Chassez tout ce mâle hors de moi,

Réanimez-moi !

J'ai mal !

Débarrassez le plancher, je tire un trait terminé…

Merde, c'est toujours là, putain, c'est toujours là, quoi que je fasse, où que j'aille.

Je me sens nulle, vide, seule et inutile.

Pas capable, pas à la hauteur, transparente et tellement chiante.
Bonne à rien, moins que rien je ne vaux rien.

C'est passager, mais parfois, j'ai envie de tout casser. Je le fais plus discrètement : j'abandonne, je cloisonne. Destruction maquillée sous des airs de femme assurée.

Manger pour se remplir, fumer, boire pour oublier un instant, plus ou moins long et sans conséquences ? Tout est bon, tout est vain, mais tout est nécessaire.

Phase finale :

C'est insupportable, insoutenable,
Il faut que ça s'arrête, je vais crever.
J'ai envie de hurler, de te tuer.

Pourquoi ?
Pourquoi tu fais ça ?
Pourquoi tu t'arrêtes pas ?

Je voudrais m'arracher la tête, retirer mes yeux ou mes cheveux, brûler, me consumer.

J'ai mal dans mes entrailles, je suis comme un animal dépecé, un morceau de viande déchiqueté.

Dans mon poitrail, c'est l'enfer.

Je ne comprends pas.

J'ai tellement mal, je suis tellement sale !

Enfoiré !

J'aurais pu commencer comme ça : lettre à un enfoiré, le diable incarné.

Plus j'ai mal, plus tu prends ton pied.

Je voudrais faire semblant, ne pas te donner ce privilège. Mais tu le vois dans mes yeux, tu te nourris dans mon énergie.

Je suis piégée, coincée, obligée !

Souillé, agonisante :
Et la vie doit recommencer ?
Et je dois oublier… me rhabiller ?

Harassée, vidée, vampirisée.

Aïe aïe, j'ai beau le répéter tu t'en fous,
Ma parole n'a donc aucune valeur.

Aller à l'école ? J'aime pas vraiment l'école. J'aime pas rentrer à la maison non plus, j'aime ma maman, je mise tout sur elle. Lien maternel fusionnel que je maintiens pour ne pas me sentir rejetée. Et j'aime mon frère dont je suis tellement fière.

Pression dans les liens,

S'attacher devient un danger, se séparer une impossibilité.

En parlant d'école, tu ne venais jamais m'y chercher. Je me vois encore attendre, attendre. Regarder un à un les enfants partir avec leurs parents, puis la directrice venir me chercher. Il y avait un embouteillage… je sais très bien que c'est faux, tu m'as oubliée. Tu n'es même pas parti, mais va savoir pourquoi, je gobe l'embouteillage.

Déni :
Les promesses non tenues qui te tiennent en laisse parce qu'il y a toujours une part de toi qui y croit.

Enchaînée !

Esclavagisme moderne. Assujettissement presque élégant.

Le roi lion : tu m'as emmenée au cinéma, pour ma première fois, voir ce dessin animé. J'ai beaucoup, beaucoup pleuré. J'étais dévastée par la tristesse de ce petit lion qui voit mourir son papa. Quelle chance que le mien soit vivant ! Enfin, je crois.

Pour toi, c'était une sortie ratée, tu t'es forcé à m'y emmener pour faire bonne figure. Ça avait commencé par un coup de pied parce que je ne dormais pas pendant la sieste qui précédait. Trop excitée de cette sortie père-fille... ou pas.

En fait, je me sentais tellement rejetée que, quand je t'obéissais, je me berçais de l'illusion que tu m'aimais. Obéir pour grappiller de l'amour ou ne pas souffrir d'un rejet qui serait pire. La solution par défaut qui devient une habitude qui colle à la peau.

Il t'arrivait de disparaître plusieurs heures, ou plusieurs jours.

Incertitude. Insécurité latente et permanente. Comme si la vie dépendait de ton retour, de tes allées et venues.

Inquiétude vorace, comme une mère qui déposerait son ado pour la première fois en boîte de nuit. Mais, attends, c'est pas censé être moi l'enfant ?

Responsabilité. Places déplacées.
Poison interne corrosif, relations toxiques.
Parfois, tu rentrais tard, parfois maman allait te chercher dans les bars. Elle nous sortait du lit pour une petite balade nocturne.

Le pire, n'était pas de gérer ton absence, c'était l'inquiétude de maman qui, de tic en toc, essayait de s'adapter. J'essayais de me gérer au mieux pour ne pas lui en rajouter une couche.

Globalement, je mettais toute mon énergie à être et faire ce qu'elle attendait de moi. Ce qui me permettait, en fait, de ne pas rallonger ma peine par un quelconque rejet que je n'aurais su supporter. Mon manque à combler n'aurait su être creusé davantage. Pour me sauvegarder, je me suis, outrageusement, accrochée à elle comme une sangsue.

En ce sens, je me suis empêchée de grandir en me maintenant dans cette zone de confort faussement confortable. Je me suis empêchée de vivre ma propre vie.

Cœur à vif.

Amour de soi à plat.

La libération, euh, le divorce !

J'ai 6 ans : papa et maman vont divorcer, autant dire que je n'ai pas bronché.

Je me souviens ce soir-là être en haut de l'escalier. Parce que souvent, quand ça se rouspétait, de ma tour je surveillais.
« Je veux divorcer »
Je ne comprenais pas vraiment ce mot mais maman avait l'air déterminée comme une reine de la nuit. Je sentais que dans nos vies quelque chose était en train de changer, quand bien même effrayée, je ne m'y suis pas opposée.

D'abord, il y a eu les 6 mois de garde alternée classique, seuls avec papa tout un week-end… la terreur sur l'horreur. Plus aucun filet.

Je me souviens que la nuit il hurlait, il avait l'air possédé.

Je racontais des histoires à mon frère pour le rassurer, autour du globe qu'on laissait allumé. S'il avait envie d'uriner, je lui proposais la casserole jaune de la dînette (la plus profonde). Le lendemain discrètement, j'irai la vider, comme ça on ne prend pas le risque de bouger. D'ailleurs, on ne parle pas trop fort.

Vibrer plus haut que ma propre peur pour le rassurer. Accueillir ses terreurs nocturnes, le réconforter. Faire comme si je gérais. Dans le fond c'est vrai que ça m'a aidé à tenir. Somnambule, parfois, il se réveillait tout glacé, les lèvres violacées. Le rattraper quand il voulait passer par la fenêtre. Une fois, j'ai eu de la chance, il s'est coincé dans les rideaux, juste assez pour que j'aie le temps de me réveiller.
Pics de colère, rejets incessants, propos dévalorisants pour ne pas dire humiliants, plus de filtres, plus besoin de faire semblant. Les mots sont des coups.

Il y avait ses copains aussi, qui parlaient fort, qui faisaient beaucoup de bruit quand ils faisaient pipi et qui sortaient des couteaux quand ils étaient un peu éméchés. Surtout un, il m'apprenait à coller une pièce sur mon front mais il avait des propos dégueulasses sur les femmes. Il parlait très mal de mamie et de maman, se défoulait sur moi, une fois ça a choqué papa ! Ahah, on marche sur la tête.

L'alcoolisme, secret et caché, personne n'en parle parce que personne ne veut le voir en face. Alors en parler aux enfants, quelle idée saugrenue. Peut-être que si on n'en parle pas on peut finir par croire que ça n'existe pas ? C'est ce que je devais apprendre ?

Pourtant, après le divorce j'ai vu un psychologue. Très vite et très clairement, il a posé des mots. Il a dit papa et maman sont en train de divorcer, ton papa est malade, il est alcoolique. Nooooonnn, mais mec pourquoi personne me l'a jamais dit avant ?

Je comprends tout maintenant, les images dans mon cerveau se rassemblent, merci.

La libération, les mots sur les maux wahou plus besoin de me faire faire des dessins. J'ai bien senti, ça, c'est un vrai docteur !

Donc là je comprends qu'on peut faire autrement.

Puis grand merci, gratitude infinie, tout ça s'est arrêté.

Rentré d'un week-end chez papa, mon frère, 4 ans, s'est déshabillé pour se masturber. Maman a paniqué, elle est allée trouver nos grands-parents paternels chez qui, désormais, les visites auront lieu. De tiers médiateurs, ils endosseront le rôle.

Puis un jour, mamie est entrée dans la salle de bain, comme à l'accoutumée, nous étions tous les trois dans la baignoire en réunion de famille.

« Euh ils sont grands maintenant, ils peuvent se laver tout seuls. »

Je me saisis de cette opportunité pour m'enfermer à double tour quand je vais me laver. Fin du cauchemar des abus sexuels qui aura duré 5 ans.

J'ai 6 ans et la vie est à moi !

Enfin... presque...

J'ai mal à mon âme

La souffrance invisible

J'ai 8 ans.

Je saute, euh chute, de mon lit superposé, vertèbres D7/D8 tassées, corsée = barricadée.

À 9 ans, je m'ouvre au-dessus de la lèvre supérieure : chut.

Cerveau grillé, neurones calcinés.

À 10 ans, je me perce l'œil.

Sinusites chroniques, angines quasi continues, rhino-pharyngites, tendinites, infections urinaires à répétition, mycoses, vulvites, rachis lombaire, genou gauche, cheville gauche, le dos... le dos, mais c'est quoi que j'ai ?

Médecins désemparés ou pas intéressés, de spécialiste en spécialiste je suis balancée.

Gynécologues dépités ou excédés ; je vois qu'une solution : les culottes en coton...

Les kinés m'engueulent, ils ne peuvent pas travailler car mon corps est verrouillé. On se demande si je ne le fais pas exprès. Je ne leur en veux pas, je sais qu'à l'école, on apprend pas comment gérer ça.

Anémie, glycémie, foie en bouillie, la rate au cour-bouillon évidemment, les reins je n'en parle même pas.

Tellement plein le dos que la colonne ne soutient pas, scoliose.

Mes pensées m'obsèdent, se déchaînent. Brouillard, confusion.

Ça se bouscule dans ma tête, tout devient compliqué. Cerveau prêt à exploser.

Je suis comme un rat en cage, surmenage.

Je ne me pose pas une question, je me pose mille et une questions qui amènent mille et une questions.

Est-ce que je suis folle ? Besoin de le vérifier, d'aller consulter.
« Non non, vous êtes simplement en construction et en quête de vous-même. »
Me voilà presque rassurée. Mais dites, ça fait mal de grandir.

Au niveau intellectuel : ça cartonne, compensation assurée, des livres et des livres de livres.

Niveau « taf » : ça cartonne, elle se débrouille bien la petite ! Déterminée, discrète mais efficace, elle enchaîne les contrats et gravit les échelons. Toujours en action, on peut tout lui confier, elle peut tout assumer. Je ne finis jamais un contrat mais ça personne ne le voit, même pas moi.

L'art de se mentir à soi-même c'est comme celui de mettre du vernis à ongles.

Les relations, bon... : en apparence, c'est OK. Mais à y regarder de plus près, il y a plus d'une couille dans le pâté. Et alors dès que tu y mets un brin d'émotion, aïe bordel, qu'est-ce que ça fait mal, mais qu'est-ce que c'est que c'est ça : fuyons, fuyons, capuchon !

Travail et relations s'enchaînent dans une certaine rengaine de schémas enkystés pas faciles à démasquer. Blessures camouflées et souvenirs refoulés.

C'est fatiguant une relation, oppressant aussi, et pourtant j'en ai tellement envie et besoin. Quelle contradiction ! J'ai besoin de toi, j'ai besoin d'être toi pour exister et je crie à la liberté... quel chantier.

Tension !

Sur-tension, sous-tension.

Climat de guerre et clivage interne.

Barbelée, muselée.

Résistance massive, auto-défense musclée si tu tentes de t'approcher.

Focus sur un premier rencart : on se retrouve dans un bar, je commande une faro, il me dit en rigolant :
« Ah, tu prends une bière de fille »
Je réponds :
« Va te faire voir… »
Ça commence bien.

Au niveau affectif, je suis comme un vieux soulier ; blessé. Maturité niveau rez-de-chaussée.

Apeurée à la moindre nouveauté.

Insatisfaction permanente, limite obsédante.

L'abandon, Le rejet. Blessures de l'être.

La séparation, physique, originelle, la nostalgie d'ailleurs.

La transition.

Le manque.

Parfois, je me sens en manque comme une droguée qui n'aurait pas eu sa dose. Sa dose d'adrénaline et de souffrance qui donne l'impression d'exister et d'être pleinement vivant. Il me

faut un shoot ! Un pervers vite un pervers ! Un manipulateur ?
Allez, je prends aussi.

Je fais un véritable sevrage du mal, des relations toxiques. Ou
disons du toxique dans les relations qui, sous de faux airs de
passion, consume et consomme, dévore ton énergie.

Oui mais, c'est ce à quoi je suis habituée. C'est ma normalité
et pendant si longtemps j'ai cru que c'était ça aimer.

Faire de la place.

Une dose d'affectif qui remplit puis qui repart, ravive le
manque et réalimente le besoin. J'ai, en fait, besoin d'être
maltraitée pour me sentir exister.
Habitudes malsaines mais qui ont l'apparent mérite d'être
sécurisantes, puisque connues.

Mauvaises herbes qui repoussent, quand bien même tu les as
arrachées. Jusqu'au bout de la racine avec tout ton cœur, il te
faudra recommencer.

Faire un choix, « mamamia ».

Je suis comme une petite fille qui a besoin qu'on lui dicte ce
qu'elle doit faire.

Dire non, pas question, ça ne fait pas partie de mon
dictionnaire.

Dire ce que je ressens, me positionner clairement : je ne sais
pas ce que ça veut dire puisque je ne sais pas ce que je ressens.

Je suis les autres, c'est automatique et sans limites.

Viol-ence !

Viol de l'identité.

En fait, je ne sais pas qui je suis, je ne connais ni mes goûts
ni mes dons encore moins mes besoins.
Je ne sais pas être, je sais faire.

Viol énergétique.

Je n'ai pas de limite, je ne connais aucun cadre et si tu m'en
présentes un je le fuis où j'explose. Ne me parle pas de case.

Je fais ce que l'on attend de moi, comme un caméléon sans
foi ni loi sinon celle de l'autre.

J'ai développé un autre moi totalement faux, un personnage
bien ficelé qui paradoxalement est l'opposé quasi exact de mon
vrai moi. Il porte plusieurs masques selon l'occasion, plus ou
moins tenaces selon les situations.

Je suis une contradiction ambulante. L'ambivalence
déambule en moi.

Hyper empathie, Hyper sensibilité, Hyper émotivité…

Je suis tellement dans l'hyper que je m'y perds mais tout ça,
c'est coupé, je n'y ai plus accès.

Je rêve d'équilibre et de justesse.

Plus élégamment, on parlera de hauteur et de haut potentiel émotionnel (HPE) et intellectuel (HPI)... H... P ?

Sur efficience mentale, oui mais... potentiels inexploités donc handicapée. Je suis handicapée de moi m'aime par moi-même hum... Rééducation.

Je rêve de normalité.

Écouter mon intuition ? Je voudrais bien mais elle est étouffée par des montagnes de mental mentalisé et de raison raisonnée, de questions qui tournent en rond.
Contrôle et rigidité, que je n'oublie pas ce volet. Chaque objet a une place c'est bien connu.

L'injustice me donne des varices.

Ne jamais se poser, ne jamais s'arrêter semble être une règle que je me suis fixée.

Chercher à l'extérieur, partout sauf au bon endroit, par principe.

Je me suis évertuée, pendant des années, à essayer de le sauver, le comprendre. Le convaincre et l'accompagner dans un centre de soin en est un exemple... mauvaise piste mais c'est en faisant des erreurs que l'on apprend. En éliminant, par défaut et par expérience.

Je me suis accrochée à une illusion, factice illusion. Je me suis agrippée à une impossible relation. J'ai voulu y croire, croire que c'est « pas grave ». Pas grave qu'il ne m'appelle jamais pour mes anniversaires, que ça ne me fait rien. Croire que les cadeaux de Noël c'est pas important l'amour se trouve ailleurs. Sans se mentir, j'ai à la fois la rage et le néant en moi.

Après l'intense décadence intime et perverse, l'absence.

Pourquoi il ne m'appelle jamais ? J'ai tellement cherché d'explications pour apaiser cette douleur.

Pourquoi il s'en fout ? Je l'ai écouté parler pendant des heures, ce qui soit dit en passant ne m'apportait jamais de réponses.

Marionnette !

Tout est en toi et tu peux trouver une réponse à toutes tes questions… ben si c'est pas toi qui arrives à cette conclusion par tes propres moyens, si c'est quelqu'un qui te dit ça : c'est sûr que tu as envie de l'insulter ! Si tu lis ça dans un bouquin il faut laisser le temps que ça monte au cerveau et que la compréhension s'imprègne. Infusion, comme une tisane, Cheminement personnel.

On peut se soigner soi-même ahaha la blague c'est marrant on m'a pas dit ça à l'école ! Tu veux dire que c'est pas les autres qui ont tous les pouvoirs ?

Déconstruction,

DéCONditionnement !

Des fois, je me sens à côté, à côté de moi, à côté des autres, à côté de la vie, En apparence je suis là mais je ne suis pas là.

Accoutumance, que dis-je, addiction à la maltraitance.

Je peux boire des verres et des verres, je ne les sens pas passer. Pour que je sois bourrée, il faut y aller. Tu peux m'insulter, je ne vais pas bouger, pas broncher, m'annoncer un décès c'est OK je vais gérer.

Schémas répétitifs, cycles ankylosés.

Tout est là,
Le bonheur c'est un état qui ne connaît aucun cadre.
Bon sang mais c'est tellement ça ! Stoooopppp.

Ralentir !

Tu découvres ça une fois, c'est cool mais pourquoi ça ne dure pas ? Qu'est-ce qui empêche cet état de se prolonger ?

Processus, interminable processus.

Lourdeur, fardeau, sac à dos dégoulinant et puant.

Oublier pour se sauver, mémoire sauvegardée.

Se rappeler pour se réanimer,
Ré oublier qu'on s'est rappelé pour pouvoir recommencer.

La mémoire traumatique, pas bien pratique !

La boîte noire, la malle à souvenirs refoulés du fin fond du grenier, la malle du mâle, euh mal.

Tu l'attends depuis longtemps, mais quand elle débarque tu te demandes pourquoi tu l'as invitée.

Tu n'as aucune idée qu'elle existe pourtant quand elle est là, c'est une évidence. Tu te demandes alors comment c'est possible de l'avoir mise de côté.

C'est infernal !

Ça ne prévient pas, ça débarque comme ça : ça apparaît dans les nuages, ça surgit d'une situation, d'une action, d'un mot, d'une odeur.

Regarde ta souffrance dans les yeux, regarde dans les miroirs, elle est partout.

Sortir est une épreuve, rester en est une aussi.
À peine sortie que je me sens en danger, j'ai envie de rentrer.
À peine rentrée que je me sens en danger, j'ai envie de fuir.

Tremble mais avance, ça n'est plus un tremblement, c'est un tsunami.

Embouteillage psychique, otite des pensées, encrassage des idées.

Circulation lymphatique obstruée,

Mon corps crie à la surcharge.

Le disque dur est plein à ras bord. La cocotte-minute ne peut même plus exploser, il n'y a aucun espace pour faire appel d'air. Pas de goutte d'eau qui fait déborder le vase, ça dégouline en permanence.

Flore vaginale et intestinale dévastée, estomac sur-noué, des nœuds, des cornes, de la corne, il y en a partout.

Bizutage interne, j'ai mal dans mon corps et je ne l'écoute pas plus que ça. Enfin j'essaye, parce que je sens bien qu'il y a des liens, mais je ne comprends rien.

Au boulot, je ne supporte plus rien.
L'émotionnel pointe le bout de son nez et commence à revenir en moi.

Saturation saturée, je commence vraiment à me poser des questions : il va me falloir de l'aide. Je mets le cap sur moi-même. Je pousse, je toque et je passe la porte d'une thérapeute.

Je commence à tirer les fils, je tire, je tire, ça pète un coup : séparation, déménagement, démission.

La sensation de vide intersidéral, puits sans fond, néant galactico -socio-affectif.

Je me sens tellement vide, je marche sur un fil.

Atrophiée !

Perchée !
Pas normale, pas comme les autres.

Empathe ça ressemble à psychopathe ça nan ?
Farfelue, comme poilue de la folie ?

La sexualité adulte, c'est vrai que j'en ai pas parlé, c'est pourtant le cœur du sujet, j'y reviendrai.

Des airs de service rendu que je ne supporte plus.

La « première » fois que mon petit ami (j'avais 15 ans) m'a caressée, j'ai trouvé ça étrange. Je me suis sentie très mal et je suis restée plantée comme un bâton à attendre que ça passe…

La « première » fois (haha ironie du sort) qu'on a fait l'amour, je n'ai rien senti : c'était juste fait. Aucune émotion, pas de plaisir, pas de mal non plus à part au début où mon corps a résisté. On a un peu insisté avec du lubrifiant puis c'est passé. Voilà.

Quelquefois, je disais non, il insistait. Chantage affectif auquel je finissais par céder pour qu'il me foute la paix. Le soir, je lui grattouillais le dos, ce qui à coup sûr l'endormait. Alors mon corps pouvait se reposer. Harcèlement.

La fellation, il voulait découvrir ça, moi pas. Quand bien même je voulais essayer, je me sentais envahie d'une sensation de mal-être effroyable. Je me suis forcée, il n'écoutait pas mes refus, reflet de moi qui ne me respectait pas non plus. C'était un mauvais moment à passer. J'étais persuadée de m'être offusquée devant cette porte des toilettes du collège sur laquelle était gravée « suce ma bite » et que mon blocage provenait de là... j'étais loin du compte et de ma vérité.

Autant j'étais capable de lui tenir tête quand il voulait m'empêcher d'aller voir mes copines ou de travailler, autant sur le plan de la sexualité, carpette, affirmation dans les chaussettes.

Parfois, mes larmes coulaient, discrètement, silencieusement, si j'avais mal je ne le disais même plus.

Une relation qui a duré 5 ans, tiens, 5 ans...

Puis, un homme gentil et attentionné. Avec respect il me draguait. J'ai senti mon cœur battre, mes sens frétiller. Ma vision du monde s'est écroulée. J'ai réalisé que je m'étais trompée. Il semblait exister une tout autre possibilité de vivre la vie à laquelle je n'avais même pas pensé. Pourquoi n'avais-je pas pu y accéder avant ? Je me posais sérieusement des questions. Presque 19 ans.

Niveau sexualité, à cette époque-là, je ne savais pas dire non. Mon ami le ressentait et ça le dérangeait parce qu'il trouvait indispensable que j'aie du désir pour lui : un désir et un consentement réciproque sinon pas de sexualité.

Autant dire que je suis tombée de haut et que ce fut un long apprentissage. Je m'autorisais enfin à m'écouter, bon bah je n'avais pas souvent envie. Mon corps, enfin, avait la possibilité validée de se reposer. Si j'avais un élan, il était vite freiné. La main posée d'une certaine manière à un certain endroit et d'un coup je me gélifiais. Mon corps faussement ouvert se rigidifiait de plus belle. J'étais d'accord pour faire l'amour, sauf le soir dans un lit avant de dormir. C'est-à-dire que ça pouvait fonctionner dans un cadre décadré qui ne risquait en rien de me rappeler un souvenir refoulé.

Une relation qui a duré 5 ans, étonnant !

Des blocages inexpliqués ou mal interprétés.

Qu'est-ce que le plaisir ?

Non, un enfant qui n'est pas en âge d'être sexualisé ne prend pas de plaisir. Si des connexions nerveuses et mécaniques sont activées et provoquent des sensations physiques, elles ne sont pas associées au plaisir, loin de là. Tension incomprise, refoulée.

Papa dit que c'est pour mon bien mais moi je ne me sens pas bien du tout. Je sais au fond de moi que c'est interdit. Ça ne s'explique pas, c'est comme ça, c'est universel. Je le sais tellement que je vais me cacher, me terrer sous la honte.

Je résiste et j'atténue. Quand je ressens quelque chose, je culpabilise, j'étouffe mes cris, mes hurlements, mes larmes.

La jouissance et l'orgasme sont deux choses bien distinctes. Quand tu es abusé, tu ne ressens ni l'un ni l'autre. Et, parenthèse, c'est la même chose pour un adulte et même s'il y a un apparent cadre de « couple ».

La sexualité mécanique, la recherche de performance, l'obligation de jouissance on est loin de la romance.

La sexualité déversoir, expulsion de tension.

Défouloir gratuit, nul besoin que ça soit consenti.

Qu'est-ce que le consentement ?
Le feed-back ? l'échange sincère et sain ?

J'approche de mes 27 ans, toujours le nez dans ma pelote de laine et ses fils entremêlés ; je tire, je tire, ça répète, ça se répète ?

Ma sexualité s'est améliorée. Avec le temps, l'amour et la libido de mon nouveau et merveilleux compagnon, pas mal de blocages ont sauté. On fait l'amour dans un lit, quasiment tous les jours et je me sens bien.

Cependant, il y a toujours un malaise en moi, malaise qui devient un mal-être qui devient une oppression que je ne supporte plus. Le sentiment de ne pas être à ma place devient prépondérant et étouffant. Je me sens spectatrice de ma vie que je vois défiler. Je ne sais plus quoi faire.

Les soins, énergétiques et psychologiques dont je bénéficie me font un bien fou, m'aident à me rapprocher de moi-même mais la violence de fond reprend toujours le dessus.

Je n'en peux plus.

Arrête de chercher ailleurs l'amour qu'il y a dans tes yeux.

Arrête de chercher ailleurs l'amour qu'il y a dans les cieux, relève la tête regarde.

Spiritualité d'une femme retrouvée

Dans le ciel ce matin-là je vois un avion.

La Réunion, ça réunit, m'avait-on dit ?
Ah oui !
Mariage fleuri !

Au cinéma, là devant ce film, ça fait clic et clac dans ma tête. Boum dans mon cœur : c'est décidé en moi-même pour moi m'aime. J'y vais ! Où ? À la Réunion. Pourquoi ? Je ne sais pas.

Opération enclenchée, l'annoncer, ne pas flancher. Déterminée. Quitter la maison, vendre les meubles, donner, dispatcher, emballer quelques affaires c'est le grand ménage. Séparation oblige.

Comment je vais faire ? Tout est fluide parce que c'est le bon moment et c'est « ce que je dois faire ».
Je n'ai pas d'argent… Je vends la voiture et j'achète le billet d'avion. Aïe, le cri de détachement de mi-douleur, mi-joie de libération me retentit encore dans le corps, comme un son de « ça y est » c'est plus que concret, tu vas vraiment y aller.

Comment tu vas faire ? Je ne sais pas ! Tu es folle ! Et fière de l'être. Rien ni personne ne peut me déstabiliser, à cet appel je répondrais.

À peine envolée que je me sens déjà respirer. À peine arrivée que je sens déjà, sous mes pieds, cette énergie qui m'aspire et me colle à la réalité. Un air de reconnexion.

Je vois les étoiles comme pour la première fois, je sens la terre comme une enfant qui y mettrait les mains pour la première fois. À chaque endroit, où que je sois, je vois l'océan. Souvent à perte de vue, emportant mon ego au fin fond des tropiques, laissant place au ressenti. Je vis dans un tableau de peinture, c'est un spectacle.

La montagne, ça vous gagne, chaque fois que je prends un peu d'altitude, la pression saute. Les robinets s'ouvrent et mes larmes coulent. Je ne sais pas trop de quoi ? Pourquoi ? Comment ? C'est brouillon, confusion et sans compréhension. Dans tous les sens mais ça coule. Évacuation. Le cycle de la machine à laver a commencé. Ça y est je pleure (je ne me souviens pas encore).

Dans les bras de la montagne qui me dit « ça va aller », je me sens sécurisée. Les pieds dans l'océan qui me dit « lâche tes larmes elles vont se fondre en moi », je n'ai pas peur d'être jugée ou regardée. Enlacée par le sable, je suis rassurée, je pleure, parfois pendant des heures.

Je suis loin de tout et pourtant je n'ai jamais été si proche de moi.

Un air de lâcher-prise, un vent de changement.

Alors c'est bien beau tout ça mais je finis par me rendre compte que je me suis envolée pour réaliser que je ne peux pas voler. Il y a des boulets à mes pieds. J'ai voulu éclater les chaînes mais « c'est toujours là ». Retour à la case départ. J'ai fait un tour de yo-yo, j'ai pris un bol d'air et un élan de hauteur, non moins libérateur.

Rentrer !

Affronter. Prendre le taureau par les cornes.

Chercher loin, toujours plus loin pour se rendre compte que c'est pas si loin. Destin.

Ça me traverse l'esprit que j'ai pu être « attouchée », c'est à l'état de sensation, à peine un pressentiment d'un truc qui serait plausible. Il est bien clair, je ne me voile plus la face, que j'ai un trou de mémoire sur quelques années. De ma naissance à 3 ans c'est le néant, y a rien, rien de chez rien. De 3 à 6 ans, les souvenirs ne sont pas nombreux et pas heureux.

Une méditation : je vois le visage d'un chaman qui se transforme en celui de mon père qui se transforme en pénis. Je ne fais pas de lien mais je m'en souviens, ça m'interpelle.

Un retour et quelques mois plus tard : un ami qui a l'âge de mon père tente de me séduire. Un étrange et très désagréable sentiment de déjà-vu. Un miroir mirobolant d'une situation qui ne m'est pas inconnue. Le voyage commence, déclencheur enclenché.

Dans un état émotionnel second, je rentre, je referme la porte de la maison et paf, j'ouvre la porte de mon évolution.

C'est les poupées russes, dans une boîte noire il y a toujours une autre boîte noire toujours plus noire. Le sol s'effondre sous mes pieds, littéralement je tombe. Je plonge dans les abîmes, je lâche les sécurités qui me retenaient et je me laisse emporter. Raz-de-marée. Submergée. Électrochoquée.
Pendant une semaine, je ne pourrais rien manger, plus rien avaler. Je pleure, je crie, je casse tout. Les images s'enchaînent et se précisent, deviennent des scènes, deviennent des films. Je revois, je ressens, progressivement je suis dans le souvenir, dans les souvenirs.

Ma vérité remonte à ma surface, m'éclate à la gueule. Mes pressentiments deviennent des sentiments, deviennent des certitudes. C'est l'ente-noir, je remonte les couches de conscience, les strates de souvenirs.

Ça dure une semaine, puis des semaines :

CA Y EST, JE ME RAPPELLE.

J'ai 28 ans.

Le voyage

C'est plus la machine à laver, c'est le cœur de l'océan par temps de tempête. Vague après vague, à peine le temps de respirer et reprendre son souffle entre chaque.

Noyade, au fond de la piscine sans fond, interminable néant. Accepter qu'il n'y a pas de fin, que c'est le chemin.

Je suis comme un soldat qui avance sur un terrain miné qui est voué à exploser. J'ai beau sautiller, les goupilles sont désamorcées, rien ne sert plus de les éviter. Abdiquer.

Accueillir les bombes une à une, les prendre dans la face puis récupérer les morceaux, faire le tri.

Je me désâme-morcelle et pourtant. Tout se rassemble. Autant je me sens éclatée par l'émotion, autant je récupère, chaque fois, accès à une partie de moi.

C'est pas revivre l'émotion refoulée, c'est la vivre tout court. Puisqu'à l'époque le cerveau a disjoncté, la connexion a été coupée, les parties cloisonnées. Se rebrancher signifie donc reprendre là où je m'étais arrêtée. Sauf que maintenant je suis adulte et construite (enfin à peu près), je devrais pouvoir y survivre. Tout arrive au moment juste.

Aller voir mon frère, raconter, c'est le moment c'est imminent.
Encore une vague, il est où le fond ? Y a pas de fin c'est l'apocalypse.

Je suis au cœur de ma noirceur. Je vis dans mon ombre.

Je suis assommée par mes émotions, terrassée.

Ça dure deux ans, puis des ans.

Après le voyage physique, le voyage subtil.
Je fais l'expérience de l'immobilité. Après avoir traversé la moitié de la planète, rester. Ne plus partir, ne plus fuir. Habiter et pour cela nettoyer, nettoyer ses émotions.

Le plan :

Hygiène physique : évacuer
La marche, le vélo… 20kms par jour s'il le faut (il le faut !)

Rétablir le mouvement : la danse, le yoga, le taï-chi.

Hygiène spirituelle : la reconnexion, la nature, des immersions, des pierres, des arbres, des animaux petits et grands.

Hygiène mentale :
La méditation… jusqu'à 6 h par jour s'il le faut (il le faut !)

Hygiène créative :
Peinture, écriture, couture, bricolage, jardinage, tout est support.

Hygiène relationnelle : Des relations saines, d'âmes et de cœurs reliés.

Hygiène émotionnelle :
Les cris, les crises, les pleurs. Trouver les stratégies du « tout casser socialement discret ». Ou disons le contexte où tu vas t'autoriser à dégoupiller : un art véritable presque profane.

Les limites, la limite, le cadre : apprendre

Bon… c'est sympa tout ça mais encore ?

Et comment ?

Le lâcher-prise dans la vie quotidienne, thérapie par l'art de s'en foutre.

Lâcher la pression dans chacune de mes actions. Enlever la culpabilité dès que j'en ai l'occasion. Tu vas être en retard, sois en retard franc et assumé, avec le plus grand des sourires. Tu n'as pas envie de mettre de soutien-gorge ou de chaussures, n'en mets pas, simplifie-toi.

Fermer les yeux, respirer, dormir, ressentir.

Accueillir, eh bien oui ce que tu accueilles n'est pas joli, tans-pis. Retrousse tes manches et fais le ménage. C'est le chantier, demande de l'aide et accepte quand elle vient à toi.

Tu as envie de crier alors crie. Tu as envie de casser alors casse. De pleurer, pleure. Tu as envie de rien alors surtout fais le bien et ne fais rien, rien de rien.

Silence. Vide.

Faire et écouter le silence, l'apprivoiser. Thérapie par le vide.

C'est pas calme en moi, contrairement aux apparences que je peux dégager. C'est tout sauf calme, c'est le feu ! Ça tourne à 100 mille volts et si tu craques des allumettes, ça pète.
C'est pas constant non plus.

Dire, simplement dire ce qui passe dans ta tête, ce que tu ressens : rendre possible et autoriser la parole.

Faire, simplement faire.

Se réconforter, se rassurer, se dire des mots doux, se prendre par la main.
Se dire et s'écrire des mots d'amour. Écrire, écrire le bon comme le mauvais, exorciser.

Action, c'est parti !

Relier. Relier ce que tu écris, bien sûr, mais aussi relier le corps au cœur, le cœur au corps, le féminin au masculin, l'enfant à l'adulte, l'ombre à la lumière, l'intuition aux émotions, la création à l'élévation, la terre au ciel et toi au milieu : Médium. Relier les pages de son histoire.

Brûler, purifier.

Trier, ranger, jeter.

Revenir au naturel, éliminer le superficiel, petit à petit. Retrouver l'essentiel, par phase ct par sevrage.

Trouver ses propres remèdes, méthodes et modèles.
Accepter les rechutes, elles font partie du jeu et permettent de mesurer les progrès. De visualiser et prendre de la hauteur sur les étapes passées et celles à venir.

Se lâcher la grappe, se foutre la paix. Apprendre à se détacher. Lâcher la grappe aux autres. Chacun son chemin.

Prendre soin de son corps, de ses envies, de son rythme, de son état. Prendre la météo interne (comment je me sens ? Comment je vibre ?).

Faire remonter l'énergie de la terre, permettre la circulation. La laisser se diffuser, se propager et s'immiscer dans les moindres failles.

Immersions sauvages.
Marcher pieds nus, mettre les mains dans la terre.

Voire la toile de l'univers, Voir plus loin. Accepter ainsi de ne pas être seule.

Se laisser aspirer par ses sens.

Positiver !

Remercier !

TRANSFORMER !

Regarder sa souffrance dans les yeux, accepter son handicap. Poser les armes, lâcher la résistance. Décider que tu es prêt à tout, à regarder, à entendre et écouter.

Aller lentement mais sûrement, pour des étapes ancrées et sécurisées, telle la sagesse ancienne et terrestre de la tortue. Ne pas se précipiter, prendre le temps et quand la vie te fait signe que c'est le bon moment ne pas abandonner, y aller tranquille mais y aller.

J'ai intériorisé un monstre qui n'est pas le mien, le faire sortir, par tous les moyens, le faire sortir.

Arrêter de se poser des questions, trouver les réponses.

Arrêter de se demander comment faire, faire.

Pas après pas, sans pourquoi, foi.
Dire non juste parce que tu le sens, sans chercher d'explications.

Apprendre à se connaître, se découvrir, s'explorer.

S'observer !

S'engager envers soi. Signer.

Retrouver le chemin de mon âme, mais c'est par où bordel ? Un vrai jeu de piste. Parfois, j'avance dans le noir, je me décourage et puis je trouve une lampe torche eurêka ! Elle tombe en panne… relève la tête la lune t'éclaire suffisamment.

Cri de guerre : je réclame libération ! Je demande Délivrance.

J'implore la justice divine, je prends ce droit, je le rétablis.

Cris étouffés dissipez-vous ! l'oppresseur a démissionné !

RÉPARATION !

Paix, Unité !

Trouver cet espace puis comment le recontacter si je le perds.

Pardon dans toutes ses dimensions.
Redescendre dans la matière voilà le programme, c'est ce que je marque sur ma liste des choses à faire.

Créer son temple, définir son cadre, préciser ses intentions.

Accueillir !

Accéder à son identité, souveraine et sacrée.

« Je me pardonne. »
Je rétablis la foi de croire en moi et pour moi, la confiance en la vie.

C'est bizarre tout ça, c'est étrange la vie. Parfois, vraiment, je ne comprends pas le concept. Les sens m'échappent de nouveau.

J'en ai marre d'avoir mal dans mon corps. Tellement mal de ses douleurs sur lesquelles je me crispe, qui me rendent aigrie et agressive. Tant d'énergie perdue dans la résistance, à quoi bon se faire tant de mal.

Décaler le focus, prendre de la hauteur ou de la largeur.
Émotion, tu ne me fais plus peur, je n'ai plus peur de toi, c'est auto-proclamé. Je me suis prouvé que je peux te surmonter ! alors, lâche-moi la grappe. Je t'accepte et je t'accueille comme une partie de moi. Je mets de la lumière sur chaque centimètre de mon histoire. Je cesse de combattre ce passé. Je le fais mien, j'apprends à vivre avec lui. Je transcende. J'accepte ce qui a été et ce qui est.

Je suis fière de mon parcours.

Accepter l'acceptation, pardonner dans toutes les dimensions : à lui, à moi, à la vie, à tous ces hommes qui me rappellent de mauvais souvenirs et qui n'y sont pour rien, à toutes ces femmes qui me renvoient une image de moi et qui n'y sont pour rien.

Destinée. Voie toute tracée.

Dénudée !

Je me choisis, avec moi je me marie.

Je cesse de m'identifier au passé, oui ça m'a bien arrangé de croire qu'il est mon identité. Disons que ça m'a permis d'éviter l'accès à la vérité.

Je cesse de projeter, je me détache.

J'accepte l'inconnu et toutes les peurs qu'il occasionne. J'accueille le vide.

Je me réconcilie avec la nouveauté. J'ai hâte de découvrir et de me laisser surprendre.

Je (re) trouve la joie de la découverte, je répare mon enfant intérieur que je console et que je cajole. Je suis attentive aux signes, je me laisse guider en totale confiance.

Je retrouve mon humour décalé, je me pardonne qu'il n'ait pas tenu la distance.

Je rencontre mon identité souveraine qui me permet de me différencier de l'autre et me donne accès à des rapports relationnels sains.

Justesse des miroirs, je vois l'autre dans sa vérité, non dans la mienne.

Je suis libre de mes pensées, libre d'exprimer ma réalité.

Je m'élève et je m'allège.

Je m'ouvre,
Porte ouverte à toutes les fenêtres !

Je me réveille à ma vraie nature.

Je récupère ma pureté et les morceaux d'âmes qui m'ont été arrachés.

Je laisse à autrui la souffrance qui est la sienne, je m'occupe de la mienne.

Complétude, plénitude, telle la lune.
Je rétablis et je redore l'image de moi-même.
Je lève la punition, je pulvérise la faute et la culpabilité.
Je m'autorise à être et à vivre.

Lettre à moi-m'aime

« Ma chérie, mon amour,

Tout d'abord, sache et n'oublie jamais que je serai toujours là pour toi !

Tu peux inconditionnellement compter sur moi.

Si tu as du chagrin, je suis là pour te consoler.

Si tu as peur, je suis là pour te rassurer.

Si tu procrastines, je suis là pour te booster.

Si tu vas bien, je suis là pour t'emmener encore plus loin.

Quoi que tu fasses, je te pardonne, je sais que tu fais de ton mieux.

Chaque fois que tu en as besoin, je te prends par la main.

Je suis le sauveur que tu attends, si tu as besoin appelle-toi.

Je suis ton héros, ton guide, ton père et ta mère.

N'écoute que toi, you now !

Tu vaux de l'or, je te choisis pour la vie.

Estampillé, signé, validé.

Je suis la sécurité, la présence et la proximité.

Je suis le rêve élevé.

Abandonne-toi dans mes bras je suis là. »

S'auto-discipliner !

Se donner des directions, des objectifs pour relancer un mouvement et se laisser porter par lui.

Il faut viser quelque chose pour se rendre compte qu'on est pas capable d'y arriver. Mettre le doigt sur ce qui empêche afin de libérer les freins et enfin d'y arriver, t'as suivis ?

Se regarder à la loupe, être son sujet de prédilection, sa série préférée.

Pardonner encore et toujours pardonner, voir plus grand, plus loin, derrière les masques, au-dessus des barrières.

Créer !

Évacuer encore et toujours.

Prier, espérer, persévérer !

TRANSFORMER !
(Ps ; je l'ai déjà dit oui, Rome ne s'est pas construit en un jour, moi non plus).

Apprivoiser la joie, s'extasier de la simplicité, contempler la beauté, accepter de la voir partout.

Nettoyer les liens, faire le tri, trancher.

Se mettre en situation, prendre des risques. Se séparer, être abandonné ou rejeté pour comprendre qu'en fait, tu ne l'es pas. Que tu as juste filtré la situation d'avance, orientée par tes blessures et tes schémas limitants.

Faire seul, être seul pour se rendre compte qu'on n'est jamais seul.

Lâcher, dégommer les illusions.

Sortir de la dualité. On est pas deux on est un, entrer dans l'unité.

Dé-fusionner du lien fusionnel maternel et originel pour fusionner avec l'unité, avec toi en fait, trouver ton toit en toi.

Chercher en soi, trouver en soi.

Ne jamais abandonner, ne jamais renoncer.

Abandonner, rejeter ou faire du mal à l'autre revient à t'en faire à toi alors ne le fais pas, sois là. Là, tout est là et tout part de toi.

Ne s'accrocher à rien, ici tout est éphémère. Le mouvement est incessant et t'emportera tel le vent au bon endroit au bon moment. Laisse-toi porter, cesse de lutter.

Se détacher de ses pensées, déployer ses ailes pour voler.

Individualité !

Liberté !

Équilibre !

Écouter sa guidance intérieure en totale confiance et insouciance.

Il n'y a pas vraiment de règles si ce n'est la tienne.

Laisser la vie pénétrer, le plaisir se diffuser.

(Re) découvrir sa sexualité, son intimité. Plaisirs solitaires.

Remettons les choses à leur place ; la sexualité c'est une histoire d'individualité. Elle ne peut être partagée que dans un second temps, une fois la connaissance de soi intégrée.

Œuf de yoni, super outil !

S'explorer, prends le temps et l'espace, découvrir, re-découvrir.

Se masser.

Apprendre à connaître ses organes : ton utérus, ton périnée, ta vulve, ton vagin, ton clitoris (urètre, testicules, gland, prépuce, etc.).

Puis oublier la mécanique.

Comprendre et s'approprier son désir, son corps.

Ouvrir des espaces de réconciliation.

Engager des conversations avec les différentes parties, réunir tout le monde autour de la table : toi, toi enfant intérieur, toi supérieur, toi ego, toi enfant effrayé.

Signer ses autorisations, lever ses punitions.

Prier !

Signifier !

Intentionner !

Purifier ! (et oui encore et toujours, c'est une habitude à prendre).

Certains jours, je me réveille dans le brouillard. Je ne comprends pas à quoi ça sert de mettre le pied par terre si c'est pour ne pas pouvoir aligner le deuxième. C'est le nuage noir, il me faudra évacuer quelques litres de larmes et de mauvaises pensées avant d'envisager de faire couler le café.

J'ai besoin de calme car je suis vite submergée par mes émotions. Pendant cette période, le débordement émotionnel est tel que passer la porte d'entrée représente une intensité de stress maximal. Alors je m'assieds devant la porte, j'attends, je pleure, pendant des heures. Et puis voilà, la journée est passée.

Je suis dégoûtée, de prime abord, mais j'apprends à être fière de moi, à me féliciter pour le travail fourni pour moi-même.

Une belle journée, un instant de calme et de sérénité retrouvés, je saute sur l'occasion pour faire des courses.

Un soir d'hiver, je regarde un film et sans transition je tombe de mon siège, je hurle je crie et je suis à terre. Retour dans la salle de bain, heureusement qu'il n'y avait pas de voisins. Ceci dit, la vie est bien faite et m'offre les occasions propices au lâcher-prise sociétale-ment acceptable ou discret... enfin, je l'espère.

Elle est tellement longue cette reconstruction, interminable.

Je pose réparation sur ma sexualité qui désormais devient sacrée, félicité, fidélité.

Je réenchante ma vie, je vois la magie dans le tout petit.
Un soupçon de folie,
Une armée de fantaisie,
Devant un brin d'herbe, je m'extasie.
Un rayon de soleil et me voilà au septième ciel.

Je me définis, je trace mes contours, je place mes limites.
Je trace ma route.

Je purifie mes racines. Je démine, je repère les mauvaises pensées limitantes, je les explose, les expulse. Puis les remplace par des pensées positives et lumineuses. Je plante de nouvelles graines. J'ai la patience, je sème, j'arrose, j'entretiens et j'y crois, et je garde confiance, patience, confiance.

Je danse la vie, je souris. J'embellis, je remanie.
Jamais je ne désespère, je persévère.

Je lâche les attentes, les croyances, le contrôle, la pression,
les illusions, les obligations.

Un à un je lève les freins, je prends mes peurs par la main.

J'accueille, je fais des deuils.
Je fais de la place pour trouver ma place.

Je me perds pour me trouver, dans l'obscurité je vois les clefs.
J'arrête d'essayer d'éteindre les incendies, je me laisse
embraser.

Je laisse le volcan s'exprimer, vague de feu.

Je me panse et je pose la guérison, je l'appelle et je me
prépare à la recevoir.

Le résultat ?

Quel est le résultat, la note finale ?

Mais ouais qu'est-ce que ça change tout ça, si ça change vraiment quelque chose ? Est-ce qu'on décroche une médaille ?

Est-ce qu'à pôle emploi il y a une case « travail sur soi », « rémunération : liberté d'être » ?

La guérison, ce remède universel, cette énergie d'amour inconditionnel, à laquelle tu accèdes, est invisible et transparente.

C'est transparent mais tellement grand :

C'est impalpable et pourtant ça peut te rendre invulnérable.
Tu crois que c'est concession, quelle aberration.

L'amour c'est sans condition, sans attention, sans prétention.
L'amour a le pouvoir de t'apaiser.
Ne cherche pas à le consommer c'est une histoire d'humanité.
L'amour peut te sécuriser, te permet d'accéder à la vérité, de vibrer ta réalité.

Rien ne sert de vouloir l'expliquer, la raison raisonnée ne peut pas l'analyser.

Ça s'entend, se ressent, c'est plus grand qu'un sentiment.
Ça ne se cherche pas ça se trouve, se découvre.
Rien ne sert de le jalouser, s'il y en a pour 1 il y en a pour 3, il y en a pour toi.
Car c'est illimité, il n'y a pas de forfait.
Il y en a pour tout le monde, ça se démultiplie en ondes.
L'amour rayonne, se donne, se propage, se partage.
C'est sortir des systèmes d'appartenance pour voir la vie avec romance.
Il ne s'agit pas de toi et moi, c'est bien plus large que ça.
Impossible d'en donner une définition, on peut l'illustrer en chanson.
C'est le meilleur remède de guérison.

C'est pas un générique mais c'est automatique.
Hé oui l'amour c'est une histoire de santé, sentez !

Un-divisible énergie !

Ce qui doit être est, ce qui doit s'en aller s'en va. Accepte ce qui a été pour accueillir ce qui sera. Que dis-je, ce qui est maintenant, ici maintenant. Là sous tes pieds, devant ton nez. Réalité sacrée.

Je ne manque de rien, je suis un.

Une unité à l'unité, à l'autre relié.

J'avance avec l'intime évidence que j'ai re-trouvé le sens et qu'il est partout.

J'ai 30 ans, je suis libre : il n'est jamais trop tard, c'est pas une question d'âge ou de religion, il n'y a pas de conditions. Ça y est je peux le dire la vie est à moi et je suis en-vie !

Puisse l'invisible devenir visible.
Puisse chaque âme se révéler à elle-m'aime pour élever le monde.

Dire tout fort ce qui se passe à l'intérieur, cesser de mentir, de se mentir.
Dire tout court.
Dire pour guérir.
LE dire.
Se le dire.

Élévation !
Je peux être cette femme, subtile, connectée de ses racines sacrées à sa spiritualité.
Cette féminité légère et puissante à la fois.

Puissante femme qui peut voir, qui peut tout voir, qui a le pouvoir.

Merci « Corona »
Le confinement était cet ins-temps d'introspection, cet espace de guérison, un cadeau dont je me suis pleinement saisie. Merci pour cette séance de rattrapage qui permet de continuer autrement.

La fin ?

C'est un processus

***

La spirale aspirée !

Écrire quoi ? Écrire pourquoi ??? Ça y est ça recommence.
Deuxième round.
Ça fait deux mois que je n'ai pas écrit, j'ai pensé que c'était
fini.
Et puis ça me retourne la tête,

Mon mental a (re) pris le dessus, c'était sympa, j'ai écrit tout
ça pour moi. Maintenant, voilà, est-ce que, franchement, je vais
faire lire des horreurs pareilles ? Ça serait bien que je passe à
autre chose.

Tourner la page, réécrire l'histoire, élaborer, édulcorer.

Faire un plan ? Avoir un plan dans la vie ? Des objectifs
précis ?

Être dans la tête d'une femme c'est comme prendre un sac à
dos pour voyager à travers le monde et les paysages multiples.
C'est cyclique.
C'est traversé par différentes idées, des belles et des moins
belles.

Arrêtons de faire semblant.

C'est relativement volcanique, au gré des vents et des planètes.

Questions existentielles, Chacun y met son grain de sel.

Je ne sais vraiment pas ce que j'écris, vraiment c'est reparti.

Sors ta plume, balance ton enclume.

Rebranche ton âme, rassemble le puzzle et ces mille et un morceaux.

État des lieux d'un monde intérieur.

Je ne sais vraiment pas ce que j'écris mais ça sort tout seul alors je suis la danse.

Une tasse de café que dis-je un bol, mes pieds qui sautillent, je ne peux pas m'arrêter.

Haut en couleur, Hauthentique !

J'ai trop cherché à comprendre.

Nan mais vraiment, vraiment, pourquoi j'écris ça… je ne sais pas.

Je NE SAIS PAS je ne sais RIEN, je ne suis rien donc je suis tout.

Un chemin, un cheminement !

C'est bizarre tout ça, c'est étrange la vie.

Sécurité, quelle idée… quel chantier.

Territoire affectif.

Rencontres émotionnelles, ta vie de miroirs.

Monter sur scène, sur la scène de ta vie ! Arrêter d'en être le spectateur, prendre les rênes, règne !

Arrêter de voguer, choisir de ramer, ah non, attention pas ramer plutôt avancer dans une direction.

Qu'est-ce que j'ai envie de faire ?
Qui je veux être ?

Humilité, je ne risque pas d'en manquer pourtant j'ai peur d'en manquer, chercher l'erreur.

Passer un coup d'aspi, lâcher les plis.

Mettre un pied dans ma féminité, arrêter de freiner.

Mon âme s'est mise en veille, je voudrais qu'elle se réveille.

Le spirituel, l'éveil… 7 ans, comme « Harry Potter »
OK, c'est la fin ?
Finalement, destin, viens. Vérité révélée, au fil des secrets.

7 années de conscience conscientisée pour finalement réoublier : What ?

Goût d'inachevé pour comprendre que ça n'est jamais terminé et enfin ça y est, tu y es.

Reprends le chemin avec entrain : c'est-à-dire ?
Mais j'en étais où, mais je suis qui au fait ?
Mais qu'est-ce que je fous là ? C'est quand même pas compliqué comme question !
Ben, t'attends quoi dans le fond ? Un genre de révélation ?
Une notice punaise, une notice, ça serait génial !
J'ai l'impression qu'on m'a montée à l'envers.

Bancale ce terme me définit bien.

Asymétrique !

Le vent du changement, le grand changement.

Elle est où l'issue ?
C'est pas une voie sans issue, il est là le secret ? On est pas obligé, on est pas coincé.

LibERTéééé, libérééeeee !

Fusionner avec son âme et son plan de vie, embrasser sa destinée.

Communion !

ÉLÉVATION !

Embrasser ses dons.
Embrasser ses rêves.

Se poser les bonnes questions :
Qu'est-ce que j'ai prévu pour moi ? Qu'est-ce que je veux/peux faire pour moi ?

« J'ai plus envie de me taire, j'ai plus envie de mourir, comme tous ces automates qui construisent des empires, comme des châteaux de sable que le vent peut détruire ».

Non c'est non, Gaston pas besoin de donner ton nom, non c'est non !

Rien ni personne n'a le pouvoir de me détruire.

Ça y est tout est clair : mon père est un pervers, mon père est un putain de pervers narcissique. Trouver dans quelle case le mettre ahhh ça j'ai essayé. Chercher à poser les bons mots et le bon diagnostic ahh ça je l'ai fait. Alcoolisme, dépression, manipulation, perversion, psychose, schizophrénie ou tout simplement perversion humm.

Expliquer l'inexplicable, comprendre l'incompréhensible.

Comment j'ai tué mon père et chassé la mauvaise image du masculin.
Je n'ai plus besoin de chercher, j'ai trouvé. Tout est OK.

Expérience sacrée.

Je n'attends rien, je n'attends plus, j'ai trop perdu.
Désormais plus que jamais, je gagne, je réussis.
Je n'ai même plus envie de pleurer, mes yeux j'ai trop usés.
La tristesse peut s'envoler.
Clair lucide et limpide.

On ne me croira peut-être pas, alors bon débarras.
On ne m'écoutera peut-être pas, on me rejettera, me voilà dans de beaux draps.
Tant pis, tant mieux, l'important c'est que je vais mieux.

Je vais bien, je n'y suis pour rien.

Victime, un point à la ligne.

Aime toi le ciel t'aidera.

Y a de la joie bordel y a d'la joie !

Évidence !

Je n'ai besoin de rien, j'ai besoin de moi et je me suis trouvée.

Complétude attitude.

Inconditionnellement, je t'aime.

Je mérite l'amour de la vie.

J'ai envie de faire l'amour avec la vie, je m'abandonne à elle. Jouir d'être vivant en cet instant.

La sexualité c'est magnifique ce qu'on peut en faire.

Pénétrer quelqu'un c'est pénétrer son âme, c'est une histoire d'énergie.

L'énergie sexuelle peut nourrir et être au service de la créativité.

La fin ?

Rechuter pour rebondir plus haut.

Parfois, j'ai l'impression que je ne m'en sortirai jamais. Elle est interminable cette réparation, c'est l'histoire d'une vie.

Zone morte.

Attention danger ! Je ne ressens rien, zone déconnectée, anesthésiée.

Parfois, je ne sais plus si je sais ce que je veux.

C'est bizarre la vie, parfois je ne comprends rien, j'ai perdu le fil, perdu le sens et les sensations.

Pourquoi ?

Pourquoi ?

POURQUOI ?

Le droit de vivre et le désir de vivre. Ce droit m'appartient.

Le droit d'être, l'expérience de l'expansion.

La sexualité sacrée, en réalité qu'est-ce que c'est ?
C'est celle que tu ressens, celle qui est en accord avec toi-même. C'est-à-dire que tu es d'accord et en accord avec la personne, le cadre que tu y mets (une nuit, une relation, peu importe), la fréquence, le moment présent.

Et tout ça évolue parce que tu es cyclique mais sur l'instant tu sais si c'est OK ou non et tu t'autorises à l'exprimer en parole et/ou en acte. Tu peux expérimenter pour réajuster, ne sois pas dure avec toi, c'est de cette façon que l'on apprend.

Céder n'est pas consentir.

S'autoriser à dire non. DéNONcer.

Le circuit du plaisir, la circulation de l'énergie.

La stimulation ou sur-stimulation où est la limite ? Attention.

Le jeu ?

Fin du jeu et fin du je, désormais j'accède au MOI qu'on peut appeler le moi supérieur. Celui qui est grand, puissant et élégant, celui qui permet l'expansion de l'être.

Se faire le cadeau d'être soi.

La culpabilité et le silence sont des poids très lourds à porter, c'est le fardeau que chacune des victimes, hommes ou femmes, jeunes ou âgées s'inflige inconsciemment.

« Sociétalement », on dira qu'une victime a mérité ce qui lui est arrivé, on trouvera des raisons raisonnées pour éviter de se confronter à l'insupportable vérité. Alors on dira par exemple d'une femme que sa jupe était trop courte… arrêtons de dire ce genre d'absurdité car elles détruisent des vies. J'avais 1 an, même pas encore une enfant et le processus d'agression est le même, l'histoire est la même : une victime est une victime point à la ligne, cette définition mérite d'être redorée.

Victime = Subir

Victimologie = Comment ça se passe dans la tête d'une victime et c'est pas chouette !

C'est un crime contre l'humanité, oui l'humanité elle en a pris un coup.
Un coup ?
Rappel : Les mots sont parfois des coups, des coups de marteau dans le cerveau, des coups de couteau.
Il n'y a pas d'échelle de gravité, arrêtons de minimiser.

Je répète, je me le répète : ça n'est pas de ta faute, tu n'es pas responsable.

Je voudrais changer de nom, juridiquement, si j'ai bien compris ça n'est pas possible, enfin disons que le motif « mon père m'a violée » ne rentre pas dans les critères ?

Destitué de droit.

La réaction des autres

Comme toute annonce, tu ne peux pas prévoir les réactions. Dans un sens comme dans un autre, c'est autant de surprises que d'incertitudes. Idem pour le soutien, tu le trouves souvent là où tu ne l'attendais pas et l'inverse. Tu vois une autre facette des gens, ça peut changer et donner une autre dimension à une relation. Un très bon moyen de mettre les cartes sur la table et de faire tomber les masques. Un risque à prendre ? Au nom de l'authenticité et de la liberté oui.

Pourquoi on ne croit pas une victime ? « On » ?

Pourquoi les gens sont cons... ah non, pardon, j'ai ripé. Mais je vous avoue que des sentiments de colère et à dire vrai d'incompréhension m'ont traversée. Why ? Pourquoi tant de poudre aux yeux,

« Pourquoi tant d'hypocrisie ? »

« Parce que ça fait mal »

« Ah oui d'accord ».

Évidemment que je le comprends, que je compatis mais pour autant : arrêtons et soyons responsables.

Est-ce que je le suis ?

Pourquoi je ne porte pas plainte ? Bonne question, tien, est-ce que ça m'aiderait ou me détruirait ? Est-ce que ça changerait la face du monde ? Pourquoi je n'y crois pas ? Pourquoi j'en ai peur ? Je ne m'en sens pas capable.

Être un objet de désir, c'est étrange, insupportable aussi. Je nie mes attributs féminins, mon sexe, mes seins, les cheveux longs, les soutiens-gorge…

Le désir d'un homme me fait peur, me braque : a-t-il le contrôle de lui-même et de ses pulsions ?
J'ai essayé avec une femme, pensant que le flux serait plus facile, bien tenté mais non.
Être un sujet de désir, est-ce possible ?

J'en ai trop entendu, y a plus rien qui passe.

Je ne peux pas, je ne peux plus, sortir de chez moi. Je ne peux pas, je ne peux plus faire l'amour, faire l'amour à quelqu'un, faire l'amour à la vie.

Tant pis je retourne sous ma couette ? Sous ma couette, c'est chouette.

Prendre soin !

Fausse alerte je ne viendrai pas ce soir. Phobie sociale.

Anxiété.

Je ne sais pas, je ne sais plus, je suis perdue.

Il paraît que c'est bon signe.

Lâcher-prise ultime.

Accepter le vide, vide de sens, pourtant c'est dans le vide que je retrouve le sens qui s'était perdu avec mon insouciance.

Lâcher les sécurités, illusoires sécurités, et pis, tout est illusion c'est vrai.
Il est 18 h 14 j'ai envie d'aller me coucher je vais me coucher c'est OK.
Parce que sous ma couette je le répète, c'est chouette !

Chouette ? Comme dans ma tête ?

La notion d'espace, espace vital. Le besoin d'air, de prendre l'air, respirer.
On a pris mon air, mon oxygène, on a sucé mon énergie et mon espace vital : d'un rien j'oppresse, un moindre geste j'interprète.
La blessure de rejet, celle-là, elle est corsée, rejetée pour ce que tu es... une femme. Une femme = être violée...
Un être vivant devient un objet ?

Panser toutes les plaies.

La mémoire traumatique est-ce que ça dure toute la vie ?

Petit à petit, ça s'allège, de la place se fait pour autre chose. L'air revient, la place dans les cellules qui se purifient.
Au début, tu ne maîtrises pas la durée de cette place nouvelle.

Le corps est un allié, un messager, subtile et passionnante mécanique.

Arrête de t'en vouloir, pulvérise la culpabilité par couche. Arrête de te punir et de faire du mal. Tu n'y es pour rien, tu n'es pas responsable !

Ta responsabilité désormais est de rêver les yeux ouverts, de t'aimer et de te respecter.

CRIE, CRÉE ! Crie, Crée, CRIE, CRÉE ! Tout acte de création est guérison.

Le désir de vivre, réanimation artérielle.

On est vivant, rien non rien ne meurt vraiment, tout se transforme, transcende, renaît.

La magie.
C'est quand l'âme agit et elle est là et tellement accompagnée. J'ai décidé que je m'en sortirai, j'ai pactisé avec moi-même, c'est mon choix. Je l'ai peut-être oublié, parfois, mais c'est bel et bien mon choix de vivre.

STOOOOOOP ! bip, bip, bip…

Amour !

FOI

Amour !

FOI   SOI   MOI

Réassocier, unifier, rassembler, se remettre dans son corps évacuer les blocages et rester. Rester dans son corps, prendre sa place exister RESTER, EXISTER.

Parfois, j'ai l'impression d'être un imposteur, raconter mon histoire ou ne pas raconter telle est la question. Comment ? Comment raconter en quelques mots sans me coller moi-même une étiquette de victime ou femme en souffrance : femme en résilience ? En chemin vers elle ? Si je ne le fais pas j'ai l'impression de mentir, de duper l'autre ce qui voudrait dire que je me mens encore à moi-même, intéressant.

Parfois encore, je laisse faire avant de réagir, du coup quand je réagis c'est un brun excessif parce que j'évacue la colère accumulée contre moi. C'est maladroit parce que je ne sais pas faire. Ne plus réagir, AGIR.

Parfois, encore j'ai peur. J'ai peur mais je ne sais même pas, même plus, de quoi j'ai peur ni pourquoi, aussi j'ai peur de la peur.

Accéder à la quiétude. Parfois à la question « qu'est-ce que veut mon âme ? » la réponse est le silence. Silence, calme et paix et l'intérieur et ça se voit à l'extérieur.

De la sous-mission à la mission
De la victime à la vie

De l'humiliation à l'humanité
De la peur au cœur
Du jeu au je

Je crois en l'amour, je crois en la vie
Je crois en moi, je crois en toi, j'y crois

Je crois
Je croîts

La fin

Enfin…

Et toi ? Si tu écrivais tout c'que t'as, ça donnerait quoi ?
Sortez les cahiers ! Mesdames et messieurs, sortez vos stylos, faites-nous des lâchers de plume.

Et si on me voyait ? La honte de faire quelque chose de mal et d'interdit. L'habitude de se cacher et pourtant, dans le fond j'en rêvais que quelqu'un voit, arrête ça et pose la limite.

Poser une limite c'est une responsabilité, un acte d'amour dont le monde semble parfois s'être éloigné. Ça semble tellement impossible que personne n'ait vu ou entendu, que personne n'ait assumé ce qu'il pressentait pour poser la protection dont un enfant devrait bénéficier.

Mon histoire soulève plein de débats, celui qui m'intéresse le plus est comment on se reconstruit ? Comment on guérit ? Comment on vit ? Je ne me demande pas si c'est possible car

j'en suis persuadée et profondément animée mais comment ?
Comment on fait ?

Aussi comment font les gens qui m'accompagnent ? Ceux qui
sont censés m'aimer, être mes amis, mes amants, mes parents ;
est-ce qu'on leur fournit une notice ?

N'allons pas nous méprendre et arrêtons de nourrir l'illusion,
je ne suis pas seule, nous sommes nombreux et nombreuses à
nous cacher et à souffrir cn silence.

Sortez mes p'tits loups et mes p'tites louves sortez ! Entendez
cet appel, celui de la guérison et de la justice. Rassemblons la
meute, renversons la prédation et la perversion ! J'ai soif de
justice de justesse et d'équilibre.

P'tits mots
Lettre d'une âmie

« Agathe,

Tu m'as demandé d'écrire, et je le fais aujourd'hui avec plaisir.

C'était même plutôt une suggestion. Tu n'es pas de celles qui exigeraient quoi que ce soit de ton entourage.

Il est peut-être vrai que le point de vue d'un proche peut apporter une petite pierre à l'édifice que tu as bâti. Et quel ouvrage ! Quel courage il t'a fallu.

Mon témoignage pourrait se porter de deux manières : une vue médicale, ou une vue amicale.

Je préfère si tu le permets le point de vue d'une amie.

La première fois que j'ai entendu ta voix, c'était au collège, devant les casiers où nous déchargions un peu des cartables trop lourds. C'était une petite voix.

Je me souviens de toi à l'époque. Tu étais une élève appliquée, sans histoires. J'ignorais tout de ce que tu as vécu. Et toi aussi, d'une certaine manière.

Pourtant tout était là.

Physiquement, tu étais jolie, et tellement fine, presque maigre. Tu étais discrète, parfois même effacée par ta meilleure amie de l'époque bien volubile, populaire même. On n'entendait qu'elle et rarement toi. Toi, tu écoutais, tu comprenais, tu étais une oreille attentive. D'ailleurs, tu ne parlais jamais de toi.

Cela n'a pas vraiment changé. Encore aujourd'hui, tu as du mal à t'ouvrir en profondeur, même à tes amis. Cela je l'ai compris plus tard, et plus tard encore j'ai compris pourquoi.

Quand je te lis maintenant, tellement de détails passés m'apparaissent comme des indices de ton vécu. Mais tu étais toi-même tellement investie de ta carapace que personne n'a su te voir vraiment.

Tu t'es construit une personnalité de façade, qui en partie te correspond, mais qui cachait une part de toi et de ton histoire bien enfouie.

Je ne pourrais ici raconter de façon exhaustive tout ce que j'aimerais dire.

Je vais donc tâcher d'aller à l'essentiel.

Notre amitié dure depuis notre adolescence. Je n'ai jamais vraiment compris comment cela était possible, mais que nous nous voyions tous les jours, ou que nous ne nous voyions pas pendant un an, notre lien demeure intact. Il y a dans cette amitié une sérénité, une compréhension mutuelle.

Cela s'est construit et révélé avec le temps.

Lorsque nous étions au collège, tu étais sous l'emprise, je peux le dire aujourd'hui, de ta meilleure amie de l'époque. On peut dire d'une certaine façon que cela fait écho à cette relation de dépendance affective que tu décris. Au Lycée ensuite, tu as rencontré ton "premier amour".

Je me souviens des discussions que nous avions adolescentes. Ton amoureux de l'époque était quelqu'un de très possessif, qui te dévalorisait souvent. Je ne comprenais pas vraiment que tu restes avec lui.

Toi qui avais une sensibilité, de l'intelligence, de la douceur. Heureusement, tu as fini par y mettre un terme.

Puis tu as rencontré ton deuxième amour, et cette fois tu t'es enfermée dans un rôle différent. Cet homme-là était vraiment amoureux de toi, opposé au précédent par sa douceur et ses autres qualités, et tout semblait à sa place. Tu semblais heureuse.

Pourtant, tu ne savais pas où était ta place.

À l'occasion d'une discussion comme on en a parfois entre amies, tu m'avais dit refuser de faire des fellations. Je ne comprenais alors pas complètement pourquoi. Tu m'avais alors confié, finalement tardivement, que ta "première fois", tu l'avais vécue comme un viol. Et que nombre de rapports avec ton premier petit ami étaient parfois forcés. J'avais été surprise que tu ne m'en aies pas parlé avant !

C'est là que j'ai commencé à te comprendre. Ou plutôt, à comprendre que tu ne parlais pas de tes émotions. À comprendre que ce travail d'éducatrice spécialisée cachait peut-être un mal être profond. Que ce sourire et cette décoration de façade pouvaient cacher des traumatismes.

Il allait falloir t'apprivoiser. Comme j'ai essayé ! Mais tu n'étais pas prête et je n'arrivais guère à te faire parler de toi. Tu revenais toujours sur les autres. Tu recommençais toujours à être cette femme attentive, douce et calme, pleine de sollicitude, de bon conseil, empathique et sympathique.

L'amie parfaite, comme tu avais été l'enfant parfaite pour ta maman.

Comme ton chemin a été difficile !

Il y avait pourtant quelque chose. Quelque chose qui t'appelait. Tu étais instable. Comme un funambule en équilibre sur une corde. Cela je l'avais bien remarqué. Et toi aussi. En fait, tu semblais vite te lasser, des hommes (car plusieurs ensuite ont essayé de gagner ton cœur), des lieux où tu vivais, de la décoration de ton intérieur, de certaines activités. Comme si tu n'étais pas à ta place.

Comme si tu ne te sentais jamais chez toi.

Toujours en insécurité.

On a mis ça sur le compte de ton goût de l'aventure, car tu aimais la nature, la nouveauté, la spontanéité. C'est cela que j'aime chez toi : on ne sait jamais ce que tu vas faire ou dire ! Comme j'ai aimé ces instants partagés où seules au cœur des montagnes, nous nous arrêtions admirer les reflets bleutés d'un lac. En silence. Se suffisant à savourer un moment d'éternité simple. De beauté sauvage. Comme j'ai aimé ces débats interminables, philosophiques ou non, qui nous laissaient presque épuisées d'avoir parlé trop intensément. Tu es contemplative, tu as des dons artistiques. Depuis toujours.

Il en résultait cependant une certaine inconstance.

Et que dire de ton lien avec ta mère ! Nous en avons parlé maintes fois. Tu savais que tu avais une dépendance affective envers elle. Pourquoi, cela restait encore inconscient. Tu savais aussi qu'il faudrait t'en défaire.

Tu es arrivée à une phase de ta vie où tu ne savais plus vraiment ce que tu voulais, avec qui tu voulais faire le chemin, et où le parcourir.

Tu commençais en fait à percevoir le mal être profondément enfoui en toi. Tu avais mis le pied, sans le savoir, sur le chemin de la guérison.

Un jour, tu n'as plus supporté ta prison. Tu as donc décidé (il fallait oser !) de tout plaquer. De partir loin. Très loin.

L'île de la Réunion. Une étape cruciale dont tu es revenue changée.

Je n'ai pas vécu ces moments, mais je suis heureuse que tu les aies embrassés. Ils ont amené à ta conscience ce qui te manquait. Enfin, tu allais pouvoir te reconstruire. Tu allais pouvoir rassembler les morceaux épars de ta personnalité. Te retrouver entière.

Te découvrir. Te réapprendre. Il a fallu que tu reviennes au néant pour renaître. Aux choses essentielles.

J'admire ton courage. Ta détermination. Ta force. Ta générosité.

Mais aussi ta remise en question, tes doutes, tes blessures. Tout cela fait qui tu es.

Tu sais qu'Agathe est tiré du grec, et signifie bonté. Bonté car tu donnes ce témoignage à d'autres.

Sans contrepartie. Espérant les aider, peut-être, à retrouver leur paix intérieure.

L'Agate (pierre semi-précieuse) est d'ailleurs, fort à propos et aussi à contrario avec ton passé, une pierre qui symbolise l'équilibre émotionnel. Une pierre apaisante. C'est ironique car on lui prête la vertu de calmer les angoisses inexplicables, et d'effacer tout type de traumatisme émotionnel. Elle inciterait aussi à dire la vérité, à prendre confiance en soi, et aiderait à l'acceptation de soi, à l'auto-analyse, à la perception de situations cachées.

Finalement, cette pierre n'est-elle pas le symbole du chemin que tu as parcouru ? Du cheminement intérieur qui t'amène aujourd'hui à ce témoignage ?

Je suis fière de ce que tu as accompli.

Ce livre n'est pas un point final. Tu as encore un long chemin à parcourir, de guérison, de joies ou de peines, qu'importe ! Tant que c'est toi qui le suis. »

Merci. Merci de m'avoir montré que l'amitié, que l'amour ça ne fait pas mal, qu'une relation se construit avec le temps et les années tandis que l'amour jamais ne disparaît. Merci de me prouver que je suis capable de stabilité et de durée. Merci de ne m'avoir jamais jugé, d'avoir toujours cherché à me comprendre tout en m'aimant comme je suis. Merci d'être toi, merci d'être là.

Lettre de ma mère

« Pardon d'être tombée amoureuse de cet être.

Pardon d'avoir cru en cet amour.

Pardon de m'être imaginé que la vie ne serait que du bonheur.

Pardon, pardon.

Mes sentiments me rendaient aveugle.

Je me sentais plus forte que tout, j'étais persuadée que j'allais pouvoir le sauver de son alcoolisme.

Pardon.

Je ne "voyais" plus que ça.

Je ne "mangeais" plus que ça.

Je ne "dormais" plus que ça.

Je ne "vivais" plus que contre ça.

Pardon.

La colère était grande.

Le dégoût me tétanisait.

La haine m'habitait.

Je me sentais à la dérive, sur un radeau perdu au milieu de l'océan.

Mais pour vous, grâce à vous, je me suis accrochée, je me suis battue.

La moindre lueur dans la nuit me donnait la force de ne pas baisser les bras.

Le combat était devenu simple, c'était LUI ou NOUS.

Et il fallait que ce soit nous qui sortions de ce marasme.

Et du coup, ma bataille est devenue obsessionnelle, aveuglante, je n'ai pas compris son jeu maléfique, je n'ai pas vu que le "je ne boirai plus" n'était qu'une façade pour me rendre plus vulnérable, plus fragile.

Pardon, Pardon, Pardon.

Je n'avais pas compris qu'en se jouant de moi, il s'attaquait à vous.

Je suis tombée sous le joug de cet être, il m'a manipulée, il nous a manipulés, et il t'a fait mal, il vous a fait mal, comme une victoire !

Plus j'essayais de m'échapper, plus il resserrait l'étau autour de vous.

PARDON, parce qu'il t'a atteinte en plein cœur, au plus profond de toi, il t'a blessée, abîmée, détruite.

Le temps n'est pas à la lamentation, tu nous as prouvé que tu voulais te sauver, vivre, revivre, renaître.

Ton combat est la preuve d'une grande force.

Tu m'as bluffée, tu es l'image même de la résilience, tu es une si belle personne.

Petit Piou-Piou sorti de son nid, les ailes encore engourdies par la douleur et le mal à l'âme, mais ayant tellement envie de montrer que tu as envie, envie de vivre, envie d'aimer et d'être aimée.

Je t'aime, je vous aime. »

Merci. Je te pardonne, je sais que tu as fait de ton mieux, que tu étais une victime et que tu étais manipulée. Je suis fière que tu aies su mettre fin à ce massacre, que tu aies su réagir, agir, choisir l'amour et la vie, l'amour de la vie. Je t'ai choisi parce que je croyais en toi. Merci de me soutenir, d'être toujours là. Puisses-tu te pardonner et retrouver la paix à ton tour.

Imprimé en Allemagne
Achevé d'imprimer en septembre 2021
Dépôt légal : septembre 2021

Pour

Le Lys Bleu Éditions
40, rue du Louvre
75001 Paris